VENTE

DES LUNDI 1ᵉʳ, MARDI 2 & MERCREDI 3 AVRIL 1895

HOTEL DROUOT, SALLE Nº 1

A DEUX HEURES UN QUART

TRÈS BEAU MOBILIER

d'époques et de styles

RENAISSANCE & XVIIIᵉ SIECLE

OBJETS D'ART -- TABLEAUX

RICHES BIJOUX

ARGENTERIE — OBJETS DE VITRINE

Victoria de Binder

EN PARTIE APPARTENANT

à Mᵐᵉ A. L..., artiste lyrique

Mᶜ Georges **DUCHESNE**	M. A. **BLOCHE**
Commissaire-Priseur	*Expert près la Cour d'Appel*
6, Rue de Hanovre, 6	28, Rue de Châteaudun, 28

EXPOSITION PUBLIQUE

Le Dimanche 31 Mars 1895, de 2 h. à 5 h. 1/2

IMPRIMERIE ARTISTIQUE

E. MÉNARD & Cie
Bureaux et Ateliers : Paris — 8, Rue Milton

CATALOGUE

D'UN

TRÈS BEAU MOBILIER

d'Époques & de Styles Renaissance & XVIIIᵉ Siècle

COMPRENANT

Plusieurs Salons et petits Salons Louis XV et Louis XVI
Salle à manger Renaissance, Chambres à coucher en
riches broderies et en bois de luxe, Meubles Japonais, Pianos, Consoles

Très jolie commode en laque garnie de bronzes Louis XV

Tentures, Glaces, Paravents, Vitraux

Belles Porcelaines Anciennes

de Saxe, Sèvres, Chine et Japon

BRONZES D'ART ET D'AMEUBLEMENT

ANCIENS

de Denière, Barbedienne, Colin et Cornu

ÉMAUX CLOISONNÉS

TABLEAUX

DESSINS — AQUARELLES — MINIATURES

RICHES BIJOUX

Diadème, Broche de corsage, Bracelets, Dormeuses, Broches, Bagues, Colliers, Peignes

montés de

BEAUX BRILLANTS, PERLES & PIERRES DE COULEUR

Argenterie, Objets de Vitrine

Victoria de Binder

en partie

Appartenant à Mᵐᵉ A. L..., artiste lyrique

DONT LA VENTE AURA LIEU

HOTEL DROUOT, SALLE Nº 1

Les Lundi 1ᵉʳ, Mardi 2 et Mercredi 3 Avril, à 2 h. 1/4

Mᵉ Georges **DUCHESNE**	M. A. **BLOCHE**
Commissaire-Priseur	*Expert près la Cour d'Appel*
6, Rue de Hanovre, 6	28, Rue de Châteaudun, 28

Chez lesquels on trouve le présent Catalogue

EXPOSITION PUBLIQUE

Le Dimanche 31 Mars 1895, de 2 h. à 5 h. 1/2

CONDITIONS DE LA VENTE

Elle sera faite au comptant.

Les Acquéreurs paieront CINQ POUR CENT en sus des enchères.

Aucune réclamation ne sera admise une fois l'adjudication prononcée.

Paris — Imp. artistique E. Ménard & Cⁱᵉ, 8, rue Milton

BIJOUX, ARGENTERIE

OBJETS DE VITRINE

1 — Magnifique diadème, composé de trois nœuds
de ruban tout en brillants et ornés de douze très
belles perles fines d'Orient. Chaque nœud peut se
démonter et former broche.

Fourni par la maison Boucheron.

2 — Très belle broche ou pièce de coiffure, formée
de deux branches de fleurs et feuillages, réunies
par un nœud de ruban, toute en brillants, roses
et perles fines.

3 — Très beau bracelet à trois corps, monté de
deux grosses perles fines d'Orient, d'un gros brillant et soixante-quinze autres brillants.

Fourni par la maison Boucheron.

4 — Joli pendant de cou formé d'une applique avec neuf pampilles en brillants et roses.

5 — Joli rang de soixante dix-huit perles fines, fermoir en roses.

6 — Broche forme trèfle, montée de trois œils de chat et de brillants.

Fourni par la maison Boucheron.

7 — Paire de pendants d'oreilles composés chacun de deux perles fines dont une poire.

8 — Bracelet composé de neuf chatons, d'une turquoise entourée de dix brillants séparés par deux brillants.

9 — Joli crochet de ceinture en or, repercé et gravé.

10 — Paire de boutons d'oreilles formés chacun d'une grosse perle blanche, surmontée d'un brillant.

11 — Bague montée d'un rubis entouré de dix brillants.

12 — Paire de beaux boutons d'oreilles, composés de deux brillants solitaires qualité rare.

13 — Paire de très belles boucles d'oreilles, formées de deux jolis brillants extra-blanc.

14 — Deux boutons d'oreilles formés de brillants solitaires.

15 — Deux boutons d'oreilles formés de brillants solitaires.

16 — Collier forme dite de chien, composé de six rangs de six-cent trente perles, enrichi de cinq barettes en brillants.

17 — Deux jolies émeraudes entourées de seize brillants montées en boucles d'oreilles.

18 — Bracelet chaîne-gourmette en or, enrichi alternativement de six brillants et cinq émeraudes cabochons.

19 — Croissant formé de trois rangées de brillants.

20 — Epingle de coiffure enrichie d'une fleurs de lys tout en brillants.

21 — Belle bague enrichie d'un rubis et deux brillants.

22 — Jolie turquoise entourée de seize brillants montée en bague.

23 — Epingle de cheveux en écaille blonde, ornée de douze brillants.

24 — Bague composée d'une grosse perle grise et deux brillants blancs.

25 — Bracelet chaîne en or, enrichi de brillants et pierres fines.

26 — Epingle de cravate forme mouche, en perle, rubis et brillants.

27 — Broche forme couronne, enrichie de rubis, émeraudes et perles fines.

28 — Boîte à poudre en or, avec couronne en diamants.

29 — Jolie bague enrichie d'un œil de chat entouré de brillants.

30 — Paire de boutons d'oreilles formés de deux brillants.

31 — Croix en roses anciennes.

32 — Bague mi jonc en or avec un saphir et deux brillants

33 — Bague brillant entouré de six brillants avec roses d'entre-deux.

34 — Paire de boucles d'oreilles formées de deux perles blanches solitaires.

35 — Bague marquise, camée et demi-perles.

36 — Plaque rectangulaire en or, avec inscription gravée et fleur en diamants dans un coin.

37 — Flèche en or enrichie de turquoises.

38 — Bracelet en or avec médaillon en grenat cabochon entouré de roses.

39-40 — Divers bijoux de fantaisie.

41 — Bracelet en or, orné de cinq brillants.

42 — Dé en or.

43 — Porte-cigares en argent.

44 — Couvert à salade, manche à gigot, fourchette et couteau en argent.

45 — Chatelaine et sa montre en bois noir, monture argent avec chiffre I. N.

46 — Douze couteaux, manches en porcelaine de Saxe, lames vermeil.

47 — Jolie couronne en ancien vermeil découpé et repoussé, décor à écussons, tetes de femmes avec inscriptions : *Ave Regina celorum.*

48 — Bonbonnière en porcelaine de Saxe, décor en relief à fleurs de myosotis.

49 — Petite pendule en argent émaillé à personages.

5o — Eventail en écaille sculpté. Travail chinois.

51 — Bonbonnière en porcelaine de Saxe, décor à petits personnages dans des paysages.

52 — Deux netzukés en ivoire sculpté.

53 — Bonbonnière en écaille, orné d'un buste d'homme en biscuit.

54 — Bonbonnière en argent ciselé avec rat en relief.

55 — Volant et deux manchettes en dentelle, ancien point de Venise.

56 — Bonbonnière en argent doré et gravé à rocailles et fleurs sur fond de nacre.

57 — Petite boite en argent doré avec sujet représentant la *Cueillette des pommes*.

58 — Voiture en métal argenté, doré, gravé et découpé reproduction du carrosse de gala de Charles X qui se trouve au Trianon de Versailles.

59 — Deux tasses trembleuses en porcelaine d'Allemagne, décor à scènes de chasse.

60 — Pomme de canne forme tête d'oiseau en argent.

61 — Flacon plat en argent guilloché.

62 — Deux œufs en filigrane d'argent doré.

63 — Tabatière en argent doré et émaillé.

64 — Cassolette forme armoire en argent.

65 — Bonbonnière ronde en pierre orientale ornée
d'une miniature : *Femme nue couchée*.

66 — Cassolette forme colimaçon en argent.

67-68 — Deux boîtes à poudre en argent.

69 — Cuvette en argent guilloché.

70 — Huilier en argent avec burette en cristal,
époque Louis XVI.

71 — Huilier en argent ciselé à ceps de vignes et
rocailles accompagné de ses burettes en cristal
gravé, époque Louis XV.

72 — Lampe de fumeur en métal argenté, style
Louis XVI. Travail de CHRISTOFLE.

73 — Quatre salières et pelles en argent.

74 — Vingt couteaux, lames en acier, manche en métal japonais, décor en relief à personnages volatiles, insectes, animaux, fleurs, etc.

75 — Soupière en métal argenté anglais, couvercle surmonté d'un cerf.

76 — Légumier en métal argenté. Travail anglais.

77 — Polyptique en ivoire sculpté, gravé et peint représentant *Une audience chez Louis XIV*.

78 — Microscope monture en argent.

79 — Plateau en argent, décor à jeux d'amours, époque Louis XV.

80 — Petit canapé en vieil argent.

81 — Boîte en argent ancien.

82 — Petite table en filigrane d'argent.

83 — Cafetière en argent, époque Ier Empire.

84 — Porte-talisman avec tambour de basque et têtes en argent.

85 — Bonbonnière en écaille ornée d'une miniature.

86 — Miniature rectangulaire sur ivoire, portrait de femme vue presque de profil, coiffée d'un chapeau à plumes rouges et vertes, avec robe en satin rose rayée.

87 — Miniature sur ivoire : *le Souvenir.*

88 — Grande miniature sur ivoire représentant *Madame Victoire, fille de Louis XV en Diane chasseresse*, d'après Nattier.

89 — Miniature sur ivoire représentant *une jeune fille ornant la statue de l'Amour*, d'après Roslin.

90 — Miniature sur ivoire : *Portrait de Mme Adélaïde de France*, d'après Nattier.

91 — Miniature ovale sur ivoire : *Portrait de la duchesse d'Orléans*, d'après Mme Vigée-Lebrun.

92 — Grande bonbonnière en ivoire ornée d'une miniature représentant une jeune femme en costume Louis XVI, d'après Hall.

OBJETS D'ART

MARBRES, BRONZES, PORCELAINES

9³ — Très joli groupe en marbre représentant *Daphnis et Chloé enfants confiés à la garde du Dieu Pan*, d'après PUGET.

Sculpture d'une très belle exécution.

94 — H. MOREAU. *Le Printemps*, belle statuette en marbre blanc.

9⁵ — CARRIER-BELLEUSE. *Les trois Grâces*, groupe terre cuite.

9⁶ — CARRIER-BELLEUSE. *La Charmeuse*, groupe terre cuite.

97 — Très beau tête-à-tête composé de deux tasses avec soucoupes, une théière et un sucrier en ancienne porcelaine de Sèvres, fond gros bleu, médaillons à oiseaux encadrés de rocailles et branchages fleuris à rehauts d'or.

98 — Paire de jolis vases en ancienne porcelaine de Chine, qualité rare, forme élancée hexagonale,

décor violet tacheté de vert, avec anses à têtes de chimères en jaune, monture en bronze doré à guirlandes de vigne.

99 — Deux beaux carlins en ancienne porcelaine de Saxe.

100 — Très belle garniture de cheminée en bronze finement ciselé et doré et en marbre blanc composée : 1º d'une pendule forme dite cage surmontée d'un vase brûle-parfums enguirlandé de grappes de raisin, les côtés offrent des pieds de béliers, des cornes d'abondance, le devant un sphynx ailé tenant des guirlandes au milieu de rinceaux et draperies ; 2º de deux candélabres à dix lumières formés de vases avec bas-reliefs d'amours, guirlandes de fruits, draperies et médaillons à tête de méduse. Travail de style Louis XVI de la maison DENIÈRE.

101 — Deux flambeaux cassolettes forme canard en émail cloisonné de Chine bleu turquoise, monture en bronze ciselé et ajouré. Travail de BARBEDIENNE.

102 — Deux porte-bouquets en cristal taillé, décor à ibis, monture en bronze ciselé dans le goût chinois, de l'Escalier de Cristal.

103 — Vase en cristal décor d'or à rocailles et guirlandes.

104 — Statuette en bronze : La *Baigneuse au parapluie* de MATHURIN MOREAU (Signé). Edition de COLIN.

105 — Deux lampes formées de vases en émail cloisonné de Chine fond noir à fleurs, monture en bronze ciselé et doré, anses à têtes d'éléphants.

106 — Deux porte-bouquets en bronze patine claire et bronze argenté ciselé à guirlandes de fruits avec cornets en cristal taillé. Travail de BOUDET.

107 — Vase en ancienne porcelaine de Chine bleu fouetté avec vestiges d'or à fleurs, monture Louis XV en bronze ciselé et doré à rocailles.

108 — Brûle-parfums en cuivre émaillé de Chine avec petits médaillons à ibis sur fond gros bleu à petits dessins en or, socle en bois.

109 — Lustre à neuf lumières en bronze ciselé et doré. Style Louis XIV.

110 — Deux jolis chenêts en bronze ciselé et doré formés de brûle-parfums enguirlandés et pommes de pins sur balustrades ornées de guirlandes de feuilles de chêne et laurier. Style Louis XVI.

111 — Brûle-parfums en ancien bronze de Chine dessin gravé à feuillages, anses à têtes d'éléphants, couvercle et socle en bois sculpté et ajouré.

112 — Coupe en bronze du Japon supportée par un
dragon enroulé.

113 — Deux vases en émail cloisonné du Japon fond
bleu turquoise à singes et oiseaux. Socles en bois.

114 — Lampe formée par un vase en ancien bleu
flambé et fouetté de Chine, anses à têtes de chimères tenant des anneaux, monture en bronze
fumé et bruni.

115 — Deux vases, l'un rond et l'autre à quatre faces,
en ancien émail cloisonné de Chine fond blanc,
décor à rinceaux et lambrequins, monture en
bronze, anses forme dragons.

116 — Brûle-parfums en bronze du Japon représentant un *lutteur portant un vase.*

117 — Deux petits vases cylindriques en bronze du
Japon, décor en relief à caille dans des roseaux.

118 — Petit bronze : *Premier mystère*, de d'EPINAY.
Signé.

119 — Deux vases avec couvercle, en faïence de
Marseille, décor à rocailles et bouquets de fleurs
anses à têtes de femmes, col ajouré.

120 — Deux petites gourdes en porcelaine de Saxe
bleue fouettée avec médaillons à petits amours en
camaïeu brun.

121 — Porte-bouquets en porcelaine d'Allemagne avec chiffre B. M. R. surmonté d'une couronne.

122 — Petit vase en ancienne faïence de Satzuma, décor à cerf courant dans un paysage, bordure en émaux de couleurs à rosaces et ornements.

123 — Maronnière en porcelaine de Saxe ajourée avec médaillons à petits personnages dans des paysages.

124 — Cuvette et aiguière en ancienne porcelaine de Paris, décor à petits médaillons en camaïeu violet et grisailles à personnages dans des paysages, au milieu de rinceaux fleuris.

125 — Flacon à thé en porcelaine de Saxe, décor à fleurs et fruits.

126 — Théière forme persane en porcelaine de Chine famille rose à fleurs avec médaillon fond noir à enfants.

127 — Coupe forme coquille en porcelaine de Chine décor à vases fleuris.

128 — Ecuelle en porcelaine de Saxe décor en bleu écaillé avec médaillons à scènes de cabaret d'après van Ostade.

129 — Coupe à fruits en porcelaine de Meissen offran t une scène champêtre bordure ajourée à fleurs.

130 — Coupe en porcelaine de Chine fond bleu avec petits dessins à fleurs à bandelettes, socle en bois.

131 — Deux porte-bouquets en porcelaine blanche de Sèvres à rehauts de bleu et d'or.

132 — Vase en porcelaine de Sèvres fouetté bleu et jaune.

133 — Deux vases en porcelaine fond jaune à entrelacs de fleurs.

134 — Boîte en laque du Japon représentant le *Dieu des Enfants*.

135-137 — Six petits bouddhas chinois et japonais en bois sculpté et laqué.

138 — Bateau en ivoire sculpté et ajouré.

139 — Deux statuettes en porcelaine d'Allemagne : *Joueur de vielle et Danseuse*.

140 — Deux petites figurines en porcelaine d'Allemagne.

141 — Coupe en émail cloisonné de Chine bleu turquoise à fleurs, pied en bois sculpté et ajouré.

142 — Très beau brûle-parfums en ancienne porcelaine de Chine, décor représentant un paysage montagneux et accidenté animé de nombreux personnages, anses |formées par des chats; pieds et couvercle en bois de fer sculpté.

143 — Grande pendule d'applique sur socle en marqueterie de cuivre et d'écaille genre de BOULE garni de bronzes ciselés et dorés représentant les *Trois Parques*, le fronton est surmonté du dieu Mars, sur socle. Style Louis XIV.

144 — Deux très belles appliques Louis XIV en bronze ciselé et doré dessin à têtes d'hommes et feuillages à cinq lumières.

145 — Jardinière de forme lobée en émail cloisonné fond rouge de Chine à fleurs, monture bronze.

146 — Deux pieds en faïence gros bleu.

147 — Deux cache-pots sur pieds en faïence gros bleu.

148 — Douze plats, bols, compotiers et plateau en porcelaine de Chine et du Japon, décor à médaillons et personnages; seront divisés.

149 — Tête-à-tête en porcelaine de Sèvres fond bleu turquoise à petits amours, au chiffre de Louis-

Philippe composé d'un plateau, une cafetière, un sucrier, un pot à lait et deux tasses et soucoupes.

150 — Dix pièces en porcelaine du Japon, décor en bleu (bouteilles, jardinières, théière, etc.).

151 — Deux salières en porcelaine de l'Inde, décor à armoiries.

152 — Bébé en faïence de Delft.

153 — Service de table en faïence de GALLÉ de Nancy, décor à animaux héraldiques composé de cent pièces environ.

154 — Service à dessert en porcelaine décor à guirlandes de lierre, bordure à contours composé d'environ cinquante pièces.

155 — Service à café analogue pour dix personnes.

156 — Service de table en porcelaine d'Allemagne, décor à bouquets de fleurs détachés, bordure gaufrée et ajourée, composée de soixante-dix pièces environ.

157 — Pot à lait en porcelaine de Saxe à fleurs.

158 — Trois raviers forme feuilles en porcelaine de Saxe à fleurs.

159 — Buste de femme en terre cuite de Lebourg, socle en marbre rouge griotte orné d'un tore de laurier en bronze ciselé et doré.

160 — Deux grands vases en émail cloisonné de Chine décor à médaillons fond bleu turquoise et à petits dessins polychromes.

161 — Garniture de cheminée en porcelaine pâte tendre de Tournai ou Saint-Amand, fond gros bleu, médaillons à personnages, composée d'une pendule surmontée d'un vase à anses formées par des sirènes et de deux vases formant lampe, le tout monté en bronze ciselé et doré. Travail de style Louis XVI de Denière.

162 — Deux chenêts en bronze, ciselé, émaillé bleu et doré formé par des cariatides de femmes au milieu de rinceaux feuillagés et tenant des torchères allumées.

163 — Pelles et pincettes analogues.

164 — Panneau en bois des Iles orné d'incrustations d'ivoire teinté, de nacre et de burgau, dessin laqué d'or représentant un vase sur socle garni de fleurs.

165 — Lustre formant jardinière en porcelaine pâte tendre de Tournai ou Saint-Amand, bronze ciselé et doré à cariatides d'enfants à 9 lumières.

166 — Deux lampes formées de vases cylindriques
en émail cloisonné de Chine fond bleu turquoise
à papillons fleurs et feuillages, montures en
brnze bruni dans le goût chinois.

167 — Quatre statuettes en biscuit de Sèvres blanc
représentant *Garde à vous* et *l'Amour songeur*,
socle en gros bleu.

168 — Pendule forme dite religieuse en marqueterie
d'écaille et de cuivre, ornée d'une applique en
bronze doré représentant *le Temps*.

169 — Devant de feu en bronze formé de brûle
parfums enguirlandés sur balustrades style
Louis XVI. Pelle, pincettes et plateaux analogues.

170 — Bidet en noyer sculpté forme cygne, cuvette
en cuivre doré. Epoque Louis XV.

171 — Deux landiers en fer forgé.

172 — Pelles et pincettes analogues.

173 — Deux lampes formées de vases en bronze du
Japon décor à oiseaux et feuillages en relief.

174 — Buste de femme en terre cuite de LEBOURG
(signé), socle en marbre gris.

175 — Deux théières en antimoine du Japon, décor
à personnages.

176 — Vase en ancien bronze du Japon, décor en relief à cordes, monture en bronze dans le gout Japonais, travail de la maison CORNU.

177 — Petit lustre en bronze orné de crisiaux à quinze lumières.

178 — Deux appliques à gaz en bronze doré à deux lumières style Louis XVI.

179 — Suspension de salle à manger en bronze nikelé et faïence bleue genre oriental à une lampe et quinze bougies.

180 — Coupe en bronze ciselé. Travail de BARBEDIENNE.

181 — Trois plats ovales en ancienne faïence.

182 — Jardinière en ancienne faïence.

183 — Beurrier et soucoupe en porcelaine de Saxe.

184 — Pot à crème en porcelaine de Saxe.

185 — Tasse et soucoupe en porcelaine de Saxe.

186 — Deux plats ronds anciens.

187 — Deux saladiers en faïence ancienne.

188 — Deux seaux en cuivre repoussé.

189 — Deux pichets en ancienne faïence.

190 -- Bassinoire en cuivre découpé.

191 — Deux jardinières en porcelaine de Chine.

192 — Deux plats ovales, deux plats ronds, un sala-
dier et quatre assiettes en ancienne porcelaine de
Sèvres.

193 — Deux très beaux vases en bronze du Japon,
décor en relief à volatiles, anses formés par des
têtes d'éléphants.

194 — Bronze : *Héron de Frémiet.*
Signé.

195 — Statuette d'*Ariane couchée* en bronze, édition
de Barbedienne, socle en marbre noir.

196 — Tête à tête en porcelaine de Saxe, décor à
petits personnages dans des paysages, bordure
verte à médaillons, à volatiles, composé d'un
plateau, une cafetière, un pot à crême, un sucrier,
deux tasses et soucoupes.

197 — Tasse et soucoupe en ancienne porcelaine de
Chine, intérieur à fleurs, et extérieur fond brun
capucine à insectes et fleurs.

198 — Statuette en porcelaine de Saxe, petit garçon
tenant deux oiseaux dans ses mains.

199 — Statuette en ancienne faïence de Mayence :
le joueur de Clairon.

200 — Statuette en terre émaillée représentant : *la
Vierge.*

201 — Deux tasses et soucoupes en porcelaine de
Chine, décor en bleu à branchages.

202 — Deux pots à crême en ancienne porcelaine de
Chantilly, décor en bleu.

203 — Groupe en biscuit : *Enfants sous un arbre.*

204 — Pot à crême en Wedgwood, décor à fleurettes,
rubans et ceps de vigne.

205 — Brebis en ancienne porcelaine de Saxe.

206-207 — Deux pichets en ancienne faïence d'Avi-
gnon décorés d'inscriptions.

208 — Statuette en bronze : *Rébecca de Gautherin.*

209 — Beau buste en bronze : *Medjé de Marcello.*

210 — Groupe en bronze de Clodion, sur socle en
marbre.

211 — Deux candélabres en bronze à trois lumières, style Louis XVI, formés par des figurines de nymphes d'après FALCONNET.

212 — Statuette en bronze : *le Mercure de Jean de Bologne*, socle en marbre.

213 — Deux cornets chinois ornés de figures en relief.

214 — Deux appliques en bronze ciselé et doré, à trois lumières, style Louis XVI.

215 — Paire de girandoles ornées de figurines en Saxe, à six lumières, style Louis XV.

216 — Groupe en porcelaine de Saxe.

217 — Deux vases en marbre, montures en bronze, style Louis XVI.

218 — Deux beaux bras d'appliques en bronze ciselé et doré, modèle de CAFFIERI.

219 — Groupe en bronze : *le piqueur et ses chiens.*

220 — Garniture de cheminée en bronze doré, composée d'une pendule et de deux candélabres, de la maison BARBEDIENNE.

221 — Jolie jardinière en fer forgé et cuivre.

222 — Lustre à dix-huit lumières en bronze ciselé orné de cristaux.

223 — Paire de grands chenets à cariatides de lion, en fer forgé et ciselé, ornés de fleurs de lis aux extrémités, époque du XVIe siècle, barre de feu, pelle et pincettes de style.

224 — Grande pendule avec socle, console en bois noir orné de bronzes, Epoque Louis XV.

225 — Cartel Louis XVI en bois doré.

226 — Cache-pot en barbotine, décor en relief à fleurs.

227 — Bannette de Rouen, décor polychrome au carquois et oiseaux.

228 — Plat ancien de Rhodes fond vert à tulipes et feuillages.

229 — Plat en vieux Japon, décor polychrome, vase fleuri et médaillons.

230 — Assiette ancienne de l'Inde, décor dans le goût européen, buste de personnage et scène du Nouveau Testament rehaussés d'or.

231 — Assiette de vieux Cronenbourg, décor à fleurs et guirlande.

232 — Assiette de Vienne, décor à animaux.

233 — Assiette vieux Japon polychrome.

234 — Plat du Japon ovale bords à jour, décor polychrome.

235 — Assiette de Rouen, décor par rayons en polychrome.

236 — Quatre assiettes de Naples, décor à sujets en bas-relief.

237 — Deux assiettes vieux Chine, décor à fleurs, famille rose.

238 — Assiette creuse ancienne de Chine, décor à personnages, bordure à rehauts d'or.

239 — Deux assiettes de Sèvres au chiffre de Louis Philippe avec figures d'amours, bordures bleu turquoise et or.

240 — Plat de Savone ancien, décor à scènes champêtres en bleu.

241 — Grand compotier ancien de Chine, décor au poisson et arabesques fleuries.

242 — Plat ovale d'Urbine ancien, décor médaillon à figures et dessin raphaëlesque.

243 — Belle assiette vieux Chine famille des Indes,
décor grisaille et or dans le goût européen représentant une *allégorie à l'Himénée*.

244 — Assiette de Marseille, décor scène champêtre
et fleurs.

245 — Assiette de Vienne, décor au centre à figure
de Muse.

246 — Compotier et assiette de Vienne, décor à guirlandes et rehauts d'or.

247 — Assiette de Rouen, décor polychrome au perroquet et à ornements.

248 — Deux assiettes du Japon polychrome.

249 — Assiette en vieux Chine, décor assemblée de
Mandarins à rehauts d'or.

250 — Assiette ancienne de l'Inde, décor à bouquet
de fleurs et écusson chiffré.

251 — Haut-relief en cire polychromée : buste de
femme en costume du xvie siècle. Dans un cadre,
sous verre.

252 — Étagère en bois noir avec colonnettes en porcelaine de Saxe fleurie.

253 — Beau bronze de Léonard : *Le Héron expirant.*

254 — Beau groupe en terre cuite de VAN DEN BOSCHE : *La Nymphe aux castagnettes devant le dieu Pan.*

255 — Beau vase en bronze offrant au pourtour en bas-relief des sujets d'après CLODION, les *Enfants Vendangeurs* et les *Enfants à la Chèvre*, avec couvercle sur lequel est assis un amour tenant des cornes d'abondance.

MOBILIER

256 — Beau meuble de salon en bois sculpté et doré Louis XVI, recouvert en soie grise à rayures, composé de : un canapé, six fauteuils et quatre chaises. (Bois anciens).

257 — Très joli canapé en bois sculpté et peint, garni en canne. Époque Louis XVI.

258 — Bel ameublement de salon en bois sculpté et doré, dessin carquois et nœuds de rubans couvert en lampas bleu clair broché à vases fleuris, style Louis XVI, composé d'un grand canapé, un autre plus petit, six fauteuils, huit chaises, et deux petites chaises dorées.

259 — Encoignure s'ouvrant à une porte en ancienne laque fond noir, décor d'or à vases fleuris et oiseaux, garnie de bronze doré. Dessus en marbre brèche d'Alep. Époque Louis XVI.

260-261 — Deux consoles en bois sculpté et doré à motifs de rocailles, pieds cannelés. Epoque Louis XVI.

262 — Très beau meuble à deux corps en bois sculpté ouvrant à quatre portes offrant en bas-relief des allégorie *aux Saisons*. xviie siècle.

263 — Très belle commode en ancienne laque de Chine fond noir, décor représentant sur le devant un paysage accidenté en laque d'or et sur les côtés des chimères en laque rouge, garnie de bronzes ciselés et dorés à rocailles, s'ouvrant à deux tiroirs, dessus en marbre brèche d'Alep. Époque Louis XV.

264 — Jolie vitrine en bois de violette richement garnie de bronzes, de rocailles fleuronnées, de cariatides et de feuillages, intérieur gaîné de peluche, avec tablettes en glace, style Louis XV.

265 — Beau meuble-étagère en bois des îles sculpté, orné de panneaux à scènes champêtres du pays en incrustations d'ivoire et de nacre à rehauts de laque. Travail japonais.

266 — Petit meuble en bois laqué noir de Chine
s'ouvrant à cinq tiroirs et trois portes, dessin à
chimères et fleurs en laque d'or, orné d'appliques
en métal gravé.

267 — Meuble crédence en bois sculpté dessin à ornements sur fond d'or, s'ouvrant dans le haut à
deux portes et un tiroir. Époque Renaissance.

268 — Très beau meuble formant vitrine dans le
haut et console dans le bas en bois sculpté et doré
à guirlandes de fleurs, brûle-parfum, carquois et
nœuds de rubans, dessus marbre blanc. Style
Louis XIV.

269 — Piano droit en palissandre de Gombeau.

270 — Table à jeu en marqueterie de bois à vase
fleuri, ornée de filets de cuivre.

271 — Canapé couvert en satin bleu de Chine brodé
à dragons dans des nuages en soie de différentes
nuances.

272 — Canapé couvert en soierie rayée de Chine.

273 — Dessus de lit en satin blanc brodé à rosace et
entrelacs fleuris.

274 — Dessus de piano en satin bleu clair de Chine
tout brodé d'or à volatiles et fleurs.

275 — Deux fauteuils couverts en satin bleu à personnages en broderie de soie de différentes nuances.

276 — Fauteuil en satin bleu broché d'or à fleurs.

277 — Chaise couverte en satin rose avec bande en tapisserie au point.

278 — Fauteuil couvert.

279 — Casier à musique.

280 — Petite table en peluche rouge ornée de tapisserie au point.

281 — Grand buffet crédence en noyer sculpté s'ouvrant dans le bas à trois portes à ornements et rosace, le haut à voussure avec colonnettes cannelées et chapiteaux. Style Renaissance.

282 — Table carrée à trois rallonges.

283 — Meuble argentier en noyer sculpté, le bas à portes pleines, le haut formant vitrine est surmonté d'un fronton avec niche. Style Renaissance.

284 — Huit chaises en bois noir couvertes de tapisserie au point fond noir à branchages fleuris et feuillagés. Style Louis XIII.

285 — Deux fauteuils en bois sculpté couverts en tapisserie au point fond noir, dessin représentant des dragons dans des rinceaux feuillagés. Style Louis XIII.

286 — Ecran en noyer sculpté à rocailles et mufle de lion avec panneau en tapisserie au point représentant une scène de chasse au cerf, encadrement fond noir à fleurs. Style Renaissance.

287 — Table à coulisses en bois sculpté, pieds à croisillon. Style Louis XIII.

288 — Belle cheminée en bois sculpté à cariatides d'enfants dans des chutes de fruits supportant le bandeau à figures d'enfants et de lions dans des rinceaux feuillagés ; le haut est orné d'un portrait du duc de Bordeaux.

289 — Ameublement de salon en noyer sculpté, couvert en damas de soie rouge composé d'un canapé et quatre fauteuils style Louis XV.

290 — Jolie petite table en marqueterie de bois s'ouvrant à trois tiroirs.

291 — Petite table en marqueterie de bois dessin à attributs de musique s'ouvrant à deux tiroirs.

292 — Console en bois sculpté et laqué vert, style Louis XVI.

293 — Buffet normand ancien en bois sculpté, orné de vitraux.

294 — Paravent triptyque en bois de fer avec incrustations d'ivoire et de nacre, dessin à personnages et fleurs.

295 — Deux coffres à bois Renaissance, en bois sculpté.

296 — Crédence de même style en chêne sculpté.

297 — Table forme rognon en acajou orné de bronzes ciselés, dessus en marbre rose.

298 — Pouf couvert de peluche orné de broderies d'argent.

299 — Pouf carré en noyer sculpté, dessus cannetillé rose et broderie de soie.

300 — Table à jeu à transformation en marqueterie de bois ornée de bronzes.

301 — Joli petit canapé en noyer sculpté et rehaussé d'or, couvert en ancien brocart, accompagné de ses coussins. Style Louis XVI.

302 — Deux sièges à accotoirs en noyer sculpté à rehauts d'or par parties couvert en ancien lampas jaune.

3o3 — Ameublement de chambre à coucher en palissandre sculpté et ciré, style Louis XV, composé d'un lit, une armoire à glace à trois portes.

3o4 — Bureau plat en bois de rose orné de bronzes ciselés, style Louis XV.

3o5 — Piano mécanique de DEBAIN avec quinze boîtes à musique.

3o6 — Métronome et album de musique.

3o7 — Bureau forme dite dos d'âne en bois de luxe satiné, orné de bronzes ciselés et dorés, s'ouvrant à trois tiroirs. Style Louis XV.

3o8 — Banquette forme coffre en bois sculpté à médaillons représentant des personnages couchés ; dessus couvert en ancienne tapisserie verdure à feuillages.

3o9 — Porte-manteaux et parapluies en bois sculpté avec fond de glace biseautée.

3io — Table en bois sculpté, piétement à colonnettes s'ouvrant à un tiroir, style Henri II.

3ii — Très beau lit de milieu en velours rouge orné d'applications en broderies de soie, de drap d'or et d'argent dessin à feuillages et guirlandes.

3̇12 — Ciel de lit analogue.

3̇13 — Deux armoiries d'Espagne en ancienne broderie d'or, d'argent, de soie et de satin.

3̇14 — Dessus de lit en satin rouge brodé de soie de
différentes nuances à colombes, fleurs et fruits.

3̇15 — Deux fauteuils couverts en damas de soie
vert à feuillages, contrefond en peluche rouge.

3̇16 — Chaise basse en bois couverte en velours frappé
rouge.

3̇17 — Deux petites tables couvertes en peluche
rouge.

3̇18 — Chaise à coiffer en velours frappé rouge à
fleurs.

3̇19 — Cheminée en peluche rouge avec bandeau
orné d'applications en broderies de satin de drap
d'or et d'argent à motif d'ornements.

3̇20 — Chaise longue en satin rose orné d'anciennes
applications en broderie, chenillé à fleurs.

3̇21 — Grande armoire en palissandre s'ouvrant à
trois portes ornées de glaces biseautées, intérieur
à tiroirs anglais, style Louis XV.

322 — Toilette en poirier noirci et sculpté rehaussé d'or, dessus en marbre blanc à étagères s'ouvrant à trois portes et trois tiroirs.

323 — Grande glace avec cadre garni de velours grenat.

324 — Table bureau analogue à la toilette.

325 — Glace biseautée, cadre garni de velours grenat.

326 — Cheminée en peluche rouge, bandeau en velours orné d'applications de broderies dorées, dessin oriental.

327 — Deux portes ornées de glaces.

328 — Glace biseautée avec cadre en peluche rouge.

329 — Deux glaces avec cadres en bois sculpté et doré à fleurs.

330 — Quatre grands fauteuils en bois sculpté forme Louis XIV, couverts en tapisserie au point et au petit point avec médaillons allégories aux saisons.

331 — Petit chiffonnier en bois rose garni de bronzes.

332 — Console en bois sculpté et doré à cariatides d'aigles dessus en marbre Louis XV.

333 — Bibliothèque en noyer sculpté, style gothique.

334 — Deux fauteuils en noyer sculpté couverts en velours vert et velours rouge frappé, style Louis XIII.

335 — Paravent à trois feuilles en satin de Chine, fond rouge broché à fleurs et volatiles, le haut à glaces.

336 — Quatre fenêtres en vitraux bleutés, encadrement jaune et rouge.

337 — Quatre vitraux représentant des seigneurs et des valets allant à la chasse, avec impostes.

338 — Quatre vitraux décorés de seigneurs dans des médaillons.

339 — Cinq vitraux dépolis.

340 — Grande armoire en bois noir à trois portes ornées de glaces.

341 — Coffre-fort de la maison FICHET.

342 — Casier bois noir avec cartons.

342 bis — Deux appliques à gaz en bronze à trois
lumières.

343 — Toilette en chêne dessus en marbre blanc à
étagère.

344 — Baignoire en cuivre nikelé.

345 — Glace gravée de Venise.

346 — Deux portes recouvertes de satin vert,

TENTURES

347 — Deux belles décorations de portes en peluche
de soie bleue, avec pentes garnies de deux bandes
étoffe lamée à figures religieuses en broderie
de soie, XVIIe siècle.

348 — Deux décors de croisée en satin rose broché à
fleurs.

349 — Tenture flottante et murale analogue.

350 — Décor de fenêtre en étoffe de soie verte garnie
de peluche rouge.

351 — Deux décors de fenêtre en velours de lin rouge garni de passementeries et franges assorties composés chacun de deux pentes et d'un bandeau.

352 — Quatre rideaux de fenêtre en satin vert à fleurs ornés d'applications en broderies d'or sur fond de velours rouge.

353 — Deux autres rideaux analogues doublés de velours grenat.

354 — Trois galeries d'Orient.

355 — Tapis d'appartement de diverses dimensions.

356 — Quatre portières en peluche rouge.

357 — Tapis ancien d'Orient encadré de moquette rouge.

TABLEAUX

DESSINS, PASTELS

ATALAYA

358 — *Scène de brigandage*. Dessin.
Signé.

BERNE BELLECOUR (E.)

359 — *Le coup de l'étrier*. Un chasseur avant de se
remettre en selle, est entrain de remplir son bidon.

CARACCI (Attribué à)

36o — *Une annonciation*.

CARRIER-BELLEUSE (Pierre)

361 — *Le Farniente. Femme couchée.* Très beau pastel.

CARRIER-BELLEUSE (Pierre)

362 — *Les danseuses pendant l'Entr'acte.* Beau pastel.

Signé.

CARRIER-BELLEUSE (Louis)

363 — *L'atelier de moulage.*

Signé.

CICERI (Eug.)

364 — *Bords de rivière avec barque.*

Signé à gauche et daté 18 5.

COUTURIER

365 — *Le repos après le travail à l'atelier.*

Signé.

DIZIANI (Gasparo)

366 — *Scène mythologique*. Sepia.

DRAIM

367 — *Vue d'Orient*.

DUBOIS

368 — *Les patineurs en Hollande*.

369 — *Bords d'un canal en Hollande*.

FLAMENG (Léop.) (D'après Meissonnier)

370 — *Soldats*. Eau forte.

FRAGONARD (Genre de)

371 — *Etude d'homme*.

GÉRARD (D'après le Baron)

372 — *Portrait de Louis-Philippe*. Gravure.

GUIBAL (Nicolas)

(Elève de Natoire)

373 — *Le sommeil de l'Amour.*

Signé et daté.

HAVET

374 — *Ruines dans un paysage,* souvenir d'Algérie (signé) a obtenu une mention honorable au Salon de 1889.

HERMANN (Léo)

375-376 — *Incroyables.* Deux très beaux dessins à la plume.

Signés.

HERNANDEZ

377 — *Femme au perroquet.*

INNOCENTI

378 — *La belle fille des champs.* Note puissante et intéressante.

Signé.

JACQUE (Ch.)

379 — *Onze petits dessins dans un même cadre.*
Etudes.

JACQUET (D'après.)

380 — *Le passage du Gué.*
Aquarelle.

LAMBRECHT

381 — *La Collation.*

LAPOSTOLET (G.)

382 — *Marine.*
Signé.

LE NATUR

383 — *Femme jouant avec un perroquet.*
Dessin à la plume.

LE PAGE (Bastien)

384-385 — *Les Faucheurs*.
Deux eaux fortes.

MIGNARD (attribué à.)

386 — *Demoiselle de France en Enfant de chœur*.
Cadre en bois sculpté.

MILLET (Attribué à J.-Baptiste.)

387 — *Moutons au pâturage*.
Aquarelle.
Signé à gauche.

MOISSON (Ray.)

388 — *Paysage, marine*.

389 — *Les Saules*.
Peinture en forme de tambourin.

RADGYNSKI

390 — *Paysage*.

RIGAUD

391 — *Portrait de magistrat.*
Sanguine.

RIBARTZ

392 — *Dordrecht.*
Signé.

SERRES (Antony.)

393 — *L'Hiver et ses misères.*
Signé.

STÉVENS (Alfred.)

394 — *Orage en mer.*
Signé.

VAN OSTADE

395 — *Scène de cabaret.*
Signé à gauche du monogramme A.

VERNET (D'après J.)

396 — *Le vaisseau en péril.*

397 — *Le départ pour la promenade.*
Deux gravures en noir.

WETTRENC (E.)

398-399 — *Les Saisons.*
Quatre aquarelles se faisant pendants.
Signées et datées.

WOLDEMARE TODE

400 — *Enfants sous bois.*

401 — *Vue de la grande Kabylie.*

402 — *Le désert près de Biskra.*

ÉCOLE ALLEMANDE

403 — *L'Assomption de la Vierge.*
Peinture sur cuivre.

ECOLE ESPAGNOLE

404 — *Saint-Jean.*

ECOLE FRANÇAISE

405-406 — *Pastorales.*
>Deux toiles ovales se faisant pendants.

407 — *Pygmalion amoureux de sa statue.*

408 — *La Surprise de l'Amour.*

409 — *Le Larcin de l'Amour.*
>Deux très belles gravures en couleur de l'époque Louis XVI.

410 — *Portrait de Philippe Gaillard avocat au parlement sous Louis XVI.*
>Pastel.

411 — *La fête de village.*

412 — *Fruits, légumes et jambon.*
>Nature morte.
>Gouache.

ECOLE HOLLANDAISE

413 — *Vaches au pâturage.*

ECOLE ITALIENNE

414 — *Anges et saintes femmes en extase.*
Sanguine.

ECOLE MODERNE

415 — *Bords d'un lac.*

416 — Trois gravures en couleur : l'*Orage*, l'*Indis-cret* et les *Femmes savantes.*

417 — Six peintures japonaises sur soie.

VOITURE

418 — Jolie victoria, dernier modèle bateau, de de BINDER.

419 — Objets omis.

RED. :

20

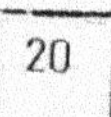

MIRE ISO N° 1
NF Z 43-007
AFNOR
Cedex 7 - 92080 PARIS LA-DÉFENSE

379.89.70
graphicom

0 1 2 3 4 5 6 7 8 9 10

9 782329 270807